KB161977

사랑이라서
그렇다

사랑이라서
그렇다

延 series

금나래

들어가며

내어주는 것은 사랑한다는 말
너를 내 안에 담고 있다는 말이다

목차

둥근 달을 좋아하는 건

당신을 그릴 수 있어선지 모른다고

기억은, 한 줌의 물처럼

실 커튼처럼 드리워진
인파 속으로
떠밀려가고 있었어

뒤돌아 너는, 어떤 말들을 했는데
입술이 피고 지는 꽃송이 같아서

내내 걷고만 싶었지

노점 한편 장밋빛 연탄불 앞에서
같은 색으로 물들어가던 뺨과

한 아름 꽃 같은 불빛 사이로
덮쳐오던 너의 눈빛과

나의 손등과, 너의 손바닥이
같은 온도로 변해가는 느낌이

그대로 내 안에 고여있어

네가 있는 풍경

툇마루에 앉아 처마를 올려다본다
소리 내어 웃는, 풍경
내 자리 같던 네 곁에서는 나도
저 풍경처럼 바람만 불어도 웃었는데

사랑도 닳는 거라면

모서리가 해진 편지를 읽다
몽톡해진 살굿빛 립스틱을 바른다
빛이 죽은 에나멜 구두를 꺼내 신고
끝이 뭉그러진 계단을 내려가면
철문이 붙잡으며 비명을 지른다

너무 많이 밟혀서 꽃이 피지 않는 길
부서진 담벼락 위로 그림자가 쏠려간다

소용없는 마중, 아무도 머물지 않는 골목에는
붉게 점멸하던 가로등 불 머지고
그림자마저 빛을 잃어가는데

마음은 왜 닳지도 않는지

긴 머리

좋아해서 길렀던 건 아니야

단발부터 시작된 우리 인연이

바닥에 흐트러진 머리카락처럼 흩어져버릴까 봐

사랑이 피어날 때부터

자라난 것들은 아무리 살펴봐도

허튼 것이 없고, 도려낼 것도 없어서

비틀비틀 꼬여가는 시간을

남의 것인 양 바라보고 있었어

깊어지는 마음만큼 자라나는 머리카락을

자르지만 않는다면 지킬 수 있으리라는

가뭇없이 지워져 버릴

허상에 매여서

나는 너로

내어주는 것은 사랑한다는 말
너를 내 안에 담고 있다는 말이다

내어주고, 내어주며
점점 비어가는 나를 보면서도
손끝을 웅크리지 않는 건

이미 나는 너로 가득해서다

눈동자

달처럼 말간 얼굴에

달처럼 동그란 눈동자

그곳에 담긴 달

그 안에 내가 있다

너의 얼굴을 흐려

나를 바라본다

네가 바라보는 곳마다

내가 보여서, 나는 자꾸만

너를 보는 걸까

사랑이라서 그렇다

꽃의 마음으로 바라보던 빛이 암흑이 되었는데
무섭고 아픈 건 당연하다

곁에 머물던 아름다움을 모두 잊어버리면서까지
나는 아픔만 붙잡고 있었다

사랑이라서 그랬다

도란도란 번지는 대화
해변의 웃음소리
짙고 푸른 풀 냄새
쉼 없이 몰아치는 파도와 하얀 거품
파란 것들을 전부 담은 바다
눈부신 햇살과 일렁이는 노을

온통 너뿐인 내 눈동자, 나로 가득하던 너

사랑이라서 그렇다

바다는 오월의 꿈처럼 눈부시고

햇살이 차락차락
자장가를 부르면
걸음마다 눈꺼풀 감기고

오월에는 향기가 나고
오월에는 풀씨도 날개를 달지
오월에는 마른 것마다 살이 오르고
마주치는 눈빛마다 꿈처럼 눈부셔

일렁이는 세상 속으로 풀어져버리는 눈동자를
노곤히 꿈꾸는 날이 많아져

나날이 오월 같던, 너와의 날들
눈부셨던 일들을 꿈꿀 때면

곁에 서있어
꽃처럼 풀잎처럼

차마 하지 못한 이야기들

파랗게 물드는 새벽이면
몽돌이 소란스러워

누군가 털어놓고 간 비밀 엿듣고서
그냥 묻어두기는 견딜 수 없었던지

모두가 잠든 시간 소슬바람처럼 몽돌에게 속삭여
어쩌면 당신이 들을지 몰라서 돌 틈마다 불어놓아

입안에서만 굴려보던 이야기들을

삼월의 눈

꽃망울이 터지기 시작할 때였어요
느닷없이 눈이 내렸죠

손바닥에 내려앉은 흰 꽃잎 사그라질 때마다
솜털 같은 기억들이 하얗게 피어납니다
흩날리는 마음으로 전해지던 선율처럼

그래요
꽃비처럼 눈 나리는 오늘이라면
삼월의 눈도, 따뜻하겠지요

우리는 매일 멀리서 같이 잔다

웃음이 반인 이야기를 나누다 잦아드는 목소리
숨소리 가득해진 전화기를 귓가에 눕히고
마주 누워 그대가 내려놓은 숨을 삼킨다

시려오던 눈동자 점점 가늘어지면
감은 곳, 당신이 선 자리에만 빛이 든다

당신의 생각으로 나를 지워간다

그녀는 브루노 마스의 음악을 즐겨듣고, 매일 커피를 마신다. 옷장과 신발장은 모노톤으로 채워져 있다. 휴일 저녁, 마트에 가는 것 외에는 나가지 않고, 냉장고에는 채소만 가득하다. 스포츠 채널을 항상 켜둔다. 개를 기른다.

그는 브루노 마스 음악을 좋아하고, 모닝커피를 즐긴다. 집에 있는 것이 제일 편안하다고 생각한다. 흰색이나 검정을 좋아하고, 동물 애호가라서 고기는 먹지 않는다. 유벤투스의 광팬이다.

그녀는 그중에 좋아하는 것이 하나도 없었다.
 좋아하는 것이 무엇인지도 모르겠다고 했다.

그를, 좋아하면서부터였다.

공원에서

다시 손등이 부딪치기를
소원하면서 걸었다

스며드는 시선에 내 두 볼은
잘 익은 사과같이 붉게 물들었고

다시 손등을 부딪쳤을 때는
너의 두 뺨이 내 것보다 더 빨갛게 익었다

서로 먼 곳만 보면서도 우리는
더 빨개졌고 몹시 뜨거워했다

바다가 아니라 그 바다여서

그 바다는 그냥 바다가 아닙니다

어딜 가도 볼 수 있는 바다래도요
까스러운 모래알과 끈적거리는 바람이
지루하기만 한 전부라도요

당신과 걸었던 순간부터,
그 바다는 당신이었으니

파란비

바다는 하늘의 거울이라 맑은 날일수록 파랗다

빗방울도 파랄 것 같아서 손바닥을 옴폭하게 여며 빗물을
받는다 손그릇 안에서 일렁이는 빛의 조각들, 오래도록 간
직하고 싶어 마디마다 힘을 준다 손등을 타고 흘러내리는
빗물 나는, 거듭 숨을 삼켰다

잡을 수 없던 네가 생각나서

미련

부교에 걸터앉아 괜스레 물결을 망가뜨린다 나무 기둥에 적힌 경구들을 빠짐없이 읽었는데도 바다는 그대로였다 비틀거리며 부교를 걸어 나오는데 그에게 전화가 왔다 그렇게 오랫동안 무얼 했냐고 묻기에, 너무 지겨워서 눈물이 날 지경이었다고 그런데도 떠날 수가 없었다고 했다 오랜 시간 망설여오던 말이었다 알아듣기를 바랐고, 한편으로는 모르기를 바랬던. 그는 한동안 말이 없다가 그만 돌아가는 것이 좋겠다고 했다 미안했다는 말을 덧붙이면서

그렇게 쉽게 알아들은 것은, 이미 예견된 이별이어선지 모른다 지지한 인연을 끝내면 새로운 그림을 그릴 수 있을 줄 알았는데 다음 장에도 그다음 장에도 밑그림이 그려져 있는 느낌이었다 바다는 너와 함께했던 그 바다였고 노을도 너와 함께한 그 노을이라 풍경을 풍경으로 바라볼 수 없었다

아무것도 보이지 않는 어둠에서도
같이 있는 어둠은 암흑이 아니라던 속삭임이 물결처럼 밀려왔다

고사리손을 잡고 가세요

머무르지도 떠나지도 못한 채 나는 머리카락을 쓸어넘기는 척 창 너머를 바라보았고 깊은 눈망울을 쏙 빼닮은 어린아이 옆에선 당신은 머무르지도 떠나지도 못한 채 세월만큼 두꺼운 창문에 하얗게 얼어붙었다 그렇게 머무르지도 떠나지도 못하고 섰는데 고사리 같은 손으로 아이가 끌어당긴다 돌아보며 돌아보며 멀어져갔다 흘깃거리다 훌쩍이다 그만 흐느꼈다

벚꽃은요. 새벽이 가장 아름다워요

꽃비가 희이 나린다

봉인된 편지를 여는 것처럼
내 입술 위에 내려앉은 꽃잎을 떼고
꽃잎이 떨어지는 것처럼 입술을 대었다

꽃은 지는 것이 아니라
나르는 것이라는 허상을 만들고

부연 안개를 모아 영원을 짓던
어느 새벽에

레종 데트르*

빛무리 진 너의 웃음에

여태 찾아 헤매던 내가 고스란히 실려있음을

*레종 데트르 – 프랑스어로 '존재의 이유'

어떤 웃음

당신은 아직 멀기만 합니다

눈앞에서 버스도 놓쳤는데 신호는 왜 이렇게 긴지
무슨 날이기에 거리마다 사람들이 붐비는 것인지
너울치는 가슴을 붙잡고 달려갑니다

서두름은 간데없이 주춤거립니다
빛바랜 벤치에 앉아 흐느끼듯 자아내는 미소에
더는 참지 못하고 흠뻑 젖을 만큼, 웃어버렸습니다

그 길

마지막이라는 것을 알아서, 그래서 더
아름답기를 바라서, 그 길 위에 섰다

곁눈질로 끝을 훔쳐보며
매듭지어진 서로의 손가락을
자꾸만, 자꾸만, 어루만지며
일부러 느리게, 느리게, 걸었다

은빛 억새꽃이 아치를 이루는 길
살결 같은 바람이 불어오고 발갛게 일렁이는 천변
한 무리의 새 떼가 날아간 허공에는
더는 빛도 들지 않는데

스쳐 지나가는 풍경마다
익어가는 사이의 속삭임과 흙냄새
풀냄새 같은 것들이 물큰하게 번져서
자꾸만, 자꾸만, 걸음을 미룬다

물을 수 없는 그 길
지울 수 없는 얼룩들을 남기며

바다보다 더 깊은 비밀도 있단다*

이 이야기가 회색이라면 나는

너에게 흰 것만 남겨줄 거야

*알타 마르, 스페인 드라마

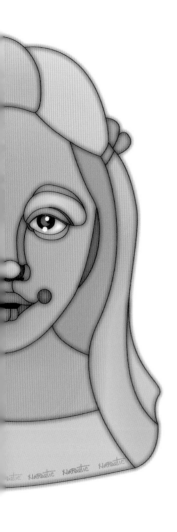
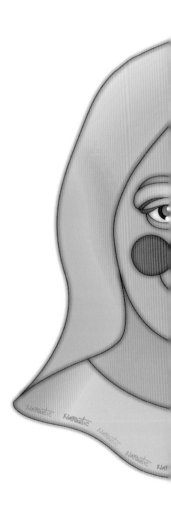

나를 보고 웃는거라면야 좋겠지만

웃지 좀 말아요 자꾸
따라 웃게 되잖아요

스치우는 바람에 쏠려가는 풀잎처럼
지나간 자리마다 흐느끼는 물결처럼

겨우 데려다 놓은 마음
흘린 미소에도 저만치 끌려가버려요

점잖게 말하겠습니다 웃지 말라고
성급히 정정하고 말테지만요

나를 보고 웃는 거라면야 좋겠지만

불어오는 바람에 간지럽다 웃는 것처럼
가끔은 그렇게 웃는 것도, 괜찮겠지요

모르는 언어

성적표처럼 받아든 이별 통보를

모르는 언어가 적힌 것처럼 바라보고 있었다

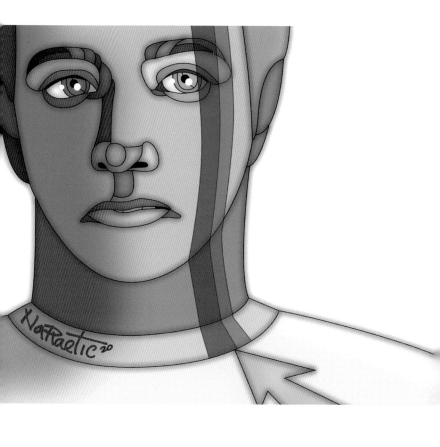

49

마시멜로

언뜻언뜻 빨개질 때야
마시멜로를 넣는 타이밍은

불꽃이 일어선 안 돼
불똥이 튀지 않아야
금빛으로 구울 수 있거든

앞니를 드러내고 모서리부터
조금씩 베어 먹어 혓바닥을 데지 않으려면

입 안 가득 단향이 퍼지면 너의
입 꼬리 두 볼에 발간 달을 띄우고
눈가에서 꽃비처럼 나리는 미소에

나는 마시멜로를 굽나 봐
그보다 달콤한 너의 미소를 보려

파란 돌

만지작거리다 떨어뜨리고 말았지
파문을 그리며 가라앉는 파란 돌

얼른 주워 손바닥 위에 올려 보니
아직은 온기가 남아있었지

잔잔하게 흐르던 물결은 온통 흐트러져버렸는데
단단한 네 몸에 상처가 났을까봐 가슴을 쓸어내렸지

이유를 알 수 없는 불평에도 너의 마음만 살피던 나처럼
수면은 어질러져 있었지 잦아들지 않았지
그렇게 흘러가도

나는 너만 보고 있었지

담아도 담아도

쌀을 담을 때는 작은 알갱이들이
빈틈을 찾아갈 수 있도록 여러 번 쳐준다

너에게 주는 것들은
쌀을 담는 것처럼

눌러 담고도 더 담고 싶어
흘러넘쳐야 그만두곤 했는데

건네주고 돌아서는 마음은
왜 늘 아쉽기만 했던 것인지

향수

그대의 몸에서 물큰하게 풍기는 그리움이
나와 다르지 않아서 편히 물들어갔다

내 사랑으로는 안되는

있잖아 나 어제 길을 가다 다친 새를 보았어
웅크린 채 파들거리는 어린 새를

둥지에 올려주면 살아날까 몰라 다가갔을 뿐인데

가윗날 같은 비명이 허공을 자르는 것 같았어
꺾인 날개를 끌고 다짜고짜 가려고만 했어
조그맣게 들썩이다 고요해진 풀밭을 보니
어쩐지 좀 억울해졌는데 미안한 마음은 또 왠지

조심스레 수풀을 헤쳐보니 가늘게 뜬 두 눈에 너는 이미
없었고 그게 마치 나의 잘못인 것 같아, 혀를 둥그렇게 말
고 숨을 삼켰어

그런 숨은 아주 써

너의 그림자가 내게서 점점 멀어져 잡을 수 없을 만큼 멀
어져 버린 그날도 그랬어
비에 젖어가는 나무처럼 달싹거리는 너에게 아무런 소용
도 없던 내 위로가

소나기

그 어느 날 소나기가 창문 너머를 달려가던 낮에
거뭇거뭇 흘러내리던 눈을 연신 비벼대던 너는
무릎이 잠길 만큼 깊어진 웅덩이에서 허우적댔고
나는 더 깊어지도록 두었다

머리끝까지 잠겨야 발버둥 친다는 것은
한차례 소나기가 지날 때마다 있던 일이었으므로

새벽비

파랗게 새어가는 동안

비가 내리고 있었습니다

가느스름한 숨소리를 듣다가 문득 바라보니

잠든 그대 얼굴 위로 빗방울 그림자가 떨어집니다

습자지처럼 얇은 마음이 생각나서

서둘러 커튼을 닫았습니다

고인 계절

같이 가던 길을 혼자 걷게 되는 일은
함께 했던 계절을 고여 들게 하는지

멈춰버린 계절의 골목 끝에서
한점이 되어 사라진 그대를 부르네

부서지는 잎새를 밟으며 부서지는 마음을 주으며
오늘도 걷는 가을 길 가물지도 않네

아무것도 아니라고 아무것이 아닌 게 아니었겠지요

무엇을 잃어버린 건지 모르겠는데
가슴에서 빈집의 소리가 납니다

작은 기척만으로도 망망하게 퍼지는 소란 말입니다

지나는 거리마다 소스라치듯 두리번대고
스쳐간 뒷모습에 한참 동안 주변을 서성거리면서
찾고 싶은 것이 무엇이라고, 그게 대체 뭐라고

내 전부가 먹먹해지도록
빈집의 소리를 내는 것입니까

누군가에게 무엇이 되어*

건조했던 하루의 끝에서
당신의 웃음소리가 들린다

늘어진 몸을 간신히 일으켰을 때
부드러운 손길이 머리카락을 스치고

흠집 난 마음을 웅크려 안고
나지막이 속삭이는 위로에 몸을 뉜다

그리움은 허공의 별이 되고

그대의 입술처럼 붉은 노을이
내 뺨 위에 내리면

* 예반의 시 제목인용

PINK

고르고 고르다가 결국 핑크색 립스틱을 발랐어요
이럴거면 고민은 왜 하는지 몇 번을 지웠는지 몰라요

당신을 만나는 날이면 늘 있는 일이에요

고르고 고르다가 결국 핑크색 원피스를 꺼내입었어요
수북이 쌓인 옷을 한편에 밀어두고 플라밍고처럼 사뿐사
뿐 걸어가요

멀리 당신을 발견하고 살며시 뒤돌아 향수를 뿌려요
향기가 좋다는 당신 말에 시치미를 떼고 몰래 상상해요

겹벚꽃 날리는 봄날을

아플수록 친절한

지나온 시간이 하찮아졌다면
싫어졌다는 한마디면 돼요

사랑이라는 핑계를 대는 바람에
기대하게 되잖아요, 기다리게 하잖아요

기다림은 두고두고 시간을 할큅니다 당신이 멀어져 간 길
목에는 나뭇잎이 나리다 수북하게 썩어갔어요 어느 날에
는 그 나뭇잎마저 빗물에 쓸려갔지요 나는 텅빈 길목에서
날마다 조금씩 지워지면서도 사랑이라는 말을 끝내 놓지
못했습니다

그러니 차라리 붉은 자국을 남기는 말만 두고 가세요 다신
오지 않는 바람처럼 구름을 떠나는 빗방울처럼, 가문 눈빛
으로도 돌아보지 말고

그대라는 무게

꿈속에서도 깨어날 것을 알고 있었습니다
마음을 가다듬고 다시 꿈에 들어가 보려는데
눈꺼풀 위로 일렁이는 빛무리가 이미 깨어났다 합니다

나도 모르게 귓가가 젖어 드는 것은
잠든 아기 가슴에 두는 좁쌀 베개같이
오랫동안 내 몸에 실려 오던 무게 때문입니다
깊이 배어버린 그 무게를, 그 공백을 느끼는 것은
이제 정말 혼자라는 것을 알아차리는 일과 같아서

아침마다 눈을 뜨는 것이 달갑지 않아졌던가 봅니다

음소거

금요일 밤 홍대거리가 이렇게 조용하다니요
이태원 골목과 시장 뒤편의 술집은 어떻고요

나는 소란에 둘러싸여 듣지 못해요
소리는 모두 어디로 갔는지

다정한 그대 목소리만 귓가에 가득하네요

금요일 밤 홍대거리를 걸어요
어차피 그곳에는 우리만 있을 거예요

그런 거라면 주지말아요

아침마다 고운 천으로 잎을 닦아주며 인사를 건넸습니다
어쩌면 피어났을지 모르는 꽃잎을 상상하며 길을 서둘렀
지요
수시로 눈빛과 말을 건넸었는데 관심은 한철도 견디지 못
하고서
겨울이 오지도 않았는데 나무만 덩그러니 남은 화분을 만
났습니다

치우려 들다 스친 손끝에서 그렇게 함부로 받았던 사랑이
배어납니다
겨우 붙은 마음 도로 벌어져 더는, 화분을 사지 않기로 했
습니다

그 좋은 장미도 소용없더라

한 아름의 장미를 헤아리며
그대를 생각합니다

마주 앉은 내내 시계만 바라보고
어쩌다 마주친 시선도 쉽게 버려
대화보다는 침묵이 길었지요

헤어질 때도 떠나갈 길만 바라보고 섰다가
잘 가라는 말이 허락인 것처럼 돌아섰어요

장미는 정류장에 놓아두었습니다
끄트머리도 시들지 않아서 누구라도 가져가겠지요

바실리스크

식물은 뿌리까지 시들고
깊이 묻은 씨앗도 까맣게 타버린대
가까이만 가도 숨을 빼앗는다는 소문

나에 대한 그 소문을, 나도 알아

거울을 보이면 죽는다는 소문에
저마다 거울을 들어 내게 비추면
나는 우두커니 서서 바라만보았지

거짓인 걸 알면서도 사실처럼 믿으면서
아직 붙어있는 나의 숨을 바라보는
아쉬운 눈빛 때문에

홀로 몇 번이고 거울 앞에 서
그 소문이 사실이기를 바라면서

마중

모퉁이가 그림자를 뱉어낼때마다

너이기를 바라면서
나는 점점 길어지고

징크스

해진 운동화를 보면서도 끝내 사주지 않았던 건
좋아하는 덕수궁 돌담길을 한 번도 가자 하지 않았던 건
모두 징크스 때문이었는데
그렇게 조심했어도 이별은 왔다

그럴 거였으면

예쁜 운동화 한번 신겨볼걸
손잡고 그 길 한번 걸어볼걸

안녕

어느 날의 안녕은 끝을 담고 있어서
쉽게 넘어가지 않는 알약 같았어

더디

그대 눈동자 먼 곳으로 떠나면 몰래

몰래 훔쳐봅니다 벌이 꿀을 모으듯이

그대 모습 하나하나 기억에 담았습니다

가지런한 눈썹과 기다란 눈꼬리, 환한 콧등 아래

깊이 패인 인중을 말려 올라가는 입꼬리를 상상하면서

나도 모르게 웃음이 났습니다 꿈에서라면

볼 수 있을까 서둘러 잠에 듭니다

도자기를 빚듯이

더디게 바라보려 합니다

한낮의 착각

작열하는 태양을 올려다보았을 때
무언가 희끄무레한 것이 지나갔어요

당신이 즐겨 입던 흰 남방 같기도 하고
연서를 적어 날린 종이비행기도 같아서
눈을 비비며 주변을 둘러보는데

어디선가 울음소리가 들려왔어요

우리의 마지막 날도 한낮이어서
나는 그게 꼭 내 것 같았어요
푸드득 날아오르는 깃털 속에서 빛이 쏟아지는데도
나는 그게 꼭 내 것 같았어요

멀어지는 울음소리를 들으며 별안간 눈물이 흘렀어요
눈이 부셔서 그렇다고
누가 묻지도 않았는데 말했어요

묻고 싶은 밤

묻고 싶은 밤, 막연하게
입술을 열어 안부를 전하다가

물끄러미 올려다본 달이

너의 얼굴빛 같아
허공에 입김을 불어 문지른다

바람이 되고 싶어

쌓인 서류에는 까만 글씨만 빼곡하고
반 평짜리 탁자 위로 한숨이 쌓인다

바람이 될 수 있다면 너를 데리고
어디로든 날아가 버리려 해

박하 물결 일렁이는 남태평양 어느 섬
야자나무 그늘에 내려놓고
감미로운 기타 연주로 잠재우고 싶어

한 번의 숨이 한 시간처럼 지속하기를
물결처럼 노래하고 햇살처럼 속삭이면서

한쪽만 상대편을 사랑하는 일

수족관을 지나고 있었어

동그랗게 눈을 뜨고 쳐다보기에
나를 보는 건가 싶어 다가갔지

너의 시선을 따라가 보니
끝이 보이지 않는 바다

너는 한 번도 나를 본 적이 없었던 거야
처음부터 먼 곳만 보고 있었던 너를
알아보지 못한 나의 잘못인 거지
이렇게 나는 네가 잘 보여서 그래
너의 하나하나가 너무 또렷해서 그래

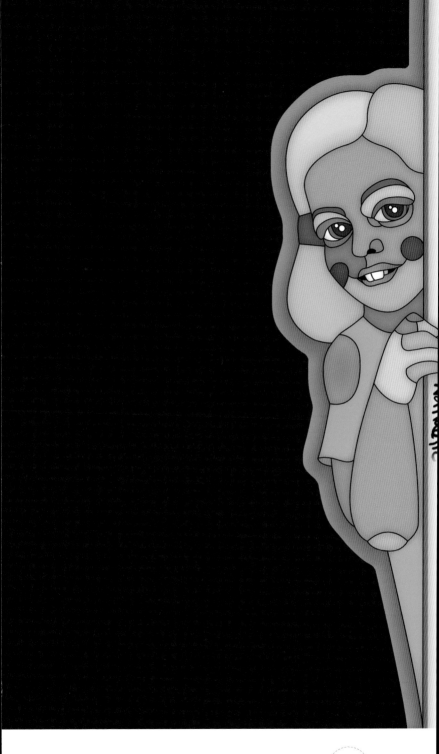

너의 이름

너는 포플러 나뭇잎처럼
가늘게 흐느끼는 이름이라서

꼭 쥐고 다니다보니 그만
손금이 되었다 손을 펴볼 때마다

가늘게 가늘게 흔들렸다

발가벗은 고백

손톱 끝을 세워 탁자를 두드리다가
실수인 것처럼 내 손등을 건드리고
곧이 뻗어낸 시선으로 나를 막았다

너의 그 가는 떨림 속에서 나는 휘청거렸다

속눈썹 새로 고여 들어 수채화처럼 번져가는
더는 감출 수 없고 다시 담을 수도 없어진 마음이

쏟아지고 있음을 느끼면서

별 하나 없이도 반짝이던

가스러운 모래알과 부드러운 살결이
번갈아 피부를 스칠때면

옷깃 속에 숨겨둔 미소가
하얗게 하얗게 빛을 냈다

열어본다 가물어진 그 밤

별 하나 없는 하늘 아래서도
별을 휘감은 것처럼 반짝이던 나를

우산

갑자기 내린 비에 흠뻑 젖은채로
버스정류장으로 뛰어 들어갔을 때

너는 무심한 듯 우산을 기울였고
나는 피하지 않았어 우산 속은 따뜻했고
여러 대의 버스가 지나가는 것을 보았지

그 비가 소나기가 아니기를 바랬는데

여름 그리고 보드카

너의 미소는 만 개의 치아가 있는 것 처럼
만개한 안개꽃같이 희고 반짝거려
하얀 포말을 일으키는 파도가 떠올라

보드카라도 탄 것인지 네가 나를 보고 웃으면
스르르 미끄러져 그 여름 바다에 풍덩 빠져버리지
작은 종이배처럼 흐리멍덩한 물 위를 표류하며

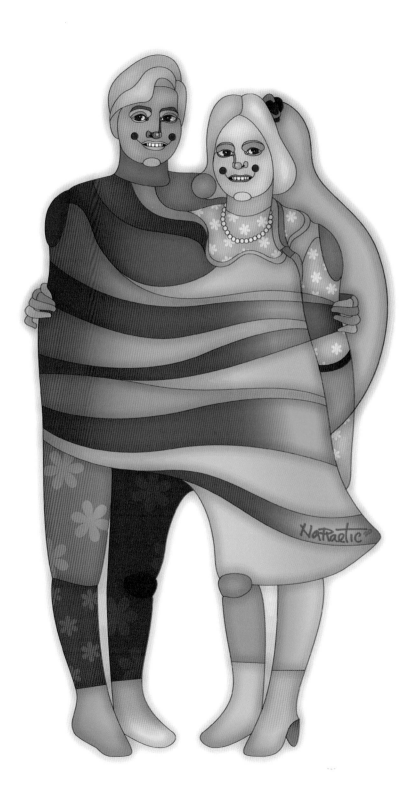

통로

보풀 난 스웨터를 버리지 못하는 것은
네게 갈 수 있는 유일한 통로라서 그래

손잡고 거닐던 겨울밤이 있고
막 피어나는 꽃처럼
간지럽게 웃던 네가 있어서

언젠가 너의 빈자리에 네 이름 비처럼 내릴 때
내게 남긴 기억을 따라가 보려 남겨둔, 하나야

숨에 기대 잠드는 밤

머리카락을 어루만지듯
베갯잇을 쓸어내렸다 거스르며
그날의 이야기 나풀나풀 털어낸다

수화기 너머 어느새 나긋해지고
들려오는 숨소리에 실려 오르내리다 보면
나도 모르게 아침이었다

버드나무

너의 가방에는 손톱깎이와 반창고와 물티슈가 있지
다양한 종류의 약과 물과, 얇은 담요도 하나 들었고

나는 손톱을 무는 버릇이 있어 잊어버리는 일이 잦고
여름에도 한기를 느껴 자주 아프고, 디치고 그래

모르겠다는 듯 물어 왜 늘 가방을 가지고 다니냐고
너는 버드나무처럼 하늘하늘 웃고 나는 네 어깨에 기대어

상처는 준 사람에게 더 깊이 남아

같은 말을 담고서 망설이는 사이
맘 걸음 갈 곳 없이 헤매다 암흑 속으로 미끄러진다

날아오르는 눈물과 작별하며 문득 돌아보니
너는 얼마나 깊은 곳으로 떨어지기에
한밤처럼 검어지는가

상처는 준 사람에게 더 깊이 남아
불현 듯 떠오른 말에 서둘러 이별을 고한다

없어지는 게 아니에요

있던 일이 없어지는 건 세상일이 아닐 거예요
가리고 덮고 지워보려 아무리 노력해도 어쩌면
한동안은 없었던 일인 듯 지내기도 하겠지만
느닷없이 선명하게 도드라지곤 하거든요

보세요 덜어진 거 하나 없이 그대로지요
그냥 쭉 그 모습대로 살아가는 거예요
다만 가려지는 것일 뿐
그러니 가끔은 드러나기도 하겠고요

때로 아프더라도 우리, 그것만 기억하고 있어요
상처가 없었던 때로 돌아갈 수 있다는
속 빈 희망은 버리고요

그릇

하나의 그릇에 두 개의 숟가락이 다녀갈 때마다
달그락거리는 소리가 웃음과 함께 번진다

너의 입에 가져가기 바쁜 나와
내 입으로 가져오기 바쁜 너의

마법

그대를 바라보면 나는

자꾸만 어디론가 흘러가버립니다

커다란 느티나무가 자라난 언덕에서

연노랑 빛 들꽃이 되었다가

잔디 위에서 잠든 바위가 되었다가

거뭇해지는 하늘에 놀라 두리번거리면

달처럼 환한 미소로

내 마음을 쓸어내리던 당신

꽃냄비 계란찜

간도 적당하고 누름도 적당하던 계란찜이면
반찬도 필요 없던 밥상 앞에서
물끄러미 바라보던 시선은 어디로 갔는지
기울어진 얼굴, 입안 가득 밥을 밀어 넣는다

슬픔은 손이 가장 많이 거쳐 갔던 것으로부터
붉거지는지

서로를 조금씩 끌어당겼다

안 된다고 생각했던 것들도
너를 만나면 아무렇지 않게 하게 돼

너에게 내가 있다는 말 같아서 조금 더 다가서 본다
흩날리는 홀씨처럼 가볍게 불어낸 말이어도
내 전체에 퍼져버려
코트 깊이 숨겨 놓았던 마음을
너의 주머니 속에 슬며시 밀어넣는다

사랑해서 미안한 것이에요

떠나간 이에게 미안한 마음이 들더라도
자책하지 마세요 당신 잘못이 아니에요

닿을 수 없이 멀어진 탓입니다
만날 수 없다는 것은
아무것도 할 수 없어졌다는 것을 의미하니까요

미안하다면 미안해하는 마음을 보세요
깊이 뿌리내린 사랑과 마주하면 그가
당신에게 어떤 존재였는지 알게 될 테니

단꿈

가난한 부부는 라면 두 개 살 돈도 없어서요
한 벌의 젓가락으로 한 입씩 돌아가며 먹었대요
부부가 사는 집은 봄이 와도 눈이 녹지 않는 곳이었는데
일을 마친 남편이
오렌지빛으로 물든 골목을 오독오독 밟으면
소매 끝에 매달린 라면 한 봉지가 바스락바스락하더래요

그 소리를 어떻게 듣고 빨간 벽돌집 꼭대기
고방 창문 다르륵 열린대요
어린 아내가 코끝이 발개질 때까지 손을 흔들면
걸음에 모터가 달렸다나요
남편은 어느 날 발개진 손바닥을 펴고
포춘쿠키를 내밀었대요
가는 종이에 적힌 글귀에 밤새
신방에는 햇살이 환하더래요

모든 것은 가진 만큼 잃는 것 같다고 그랬대요
글귀대로 그려진 날 어둠 속에 잦아드는 말소리가요
흰머리만큼 주름진 아내가요
가로등만큼 굽어버린 남편이요

봄에도 눈이 녹지 않는 그 언덕,

빨간 벽돌집으로 돌아가고 싶다며요

수없이 만나고서 한 번도 마주치지 않았다

다 꿈이었다며 나를 감싸 안았어요
우리 사이는 그대로에요 박제된 것처럼
오늘은 떨지 않고 눈을 떴어요 그러나

스며드는 냉기를 느리게 듣는 아침이기도 합니다

이제는 아니라고 스쳐 지나간 사람보다도
못한 사이라고 조곤조곤 말해주네요

알아요 그만해요 다 꿈이었다는 거
수없이 만나고서 한 번도 마주치지 않은 사이라는 거

늦봄

마지막 꽃잎이 떨어집니다
이리저리 나르다 무릎에 내려앉았습니다
꽃잎을 손바닥에 가두고 잠겨있던 천을
들어 올리는 것처럼 일어났습니다
어렴풋한 그대의 웃음을 더듬어
그 앞에 꽃잎을 올려 두었습니다

빛갈래

하나의 빛으로부터 여러 갈래의 빛이 나오는 것처럼
우리는 같은 영혼으로부터 나왔을지 모릅니다

어쩌면 그래서 그대가 웃으면 웃고 싶어지고
그대의 아픔이 오래된 슬픔처럼 아려오는가 봅니다

만일 우리가 같은 영혼으로부터 나왔다면
조금 더 웃고 상하지 않도록 조심해야겠습니다

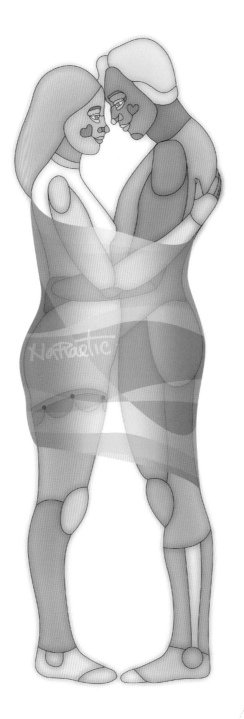

버려진, 봄

휴지를 버리려는데 액자가 버려져 있었다
모르는 이들의 봄이 끼워져 있었다

앞섶

앞섶이 풀어져 버렸습니다

당신이 흘리고 간 향기에 취해 사춘기 소녀처럼
자꾸만 웃음이 나고 눈물도 납니다

마음을 다잡으려 앞섶을 모아쥡니다

순간의 시간이 영원처럼 남아있음으로
여며지는 일은 아마도 없을 테지만

달 그리다

보름날의 월영교
사기그릇 같은 달을 보며 나는
몇 번이고 되뇌인다

둥구 달을 좋아하는 건
당신을 그릴 수 있어선지 모른다고

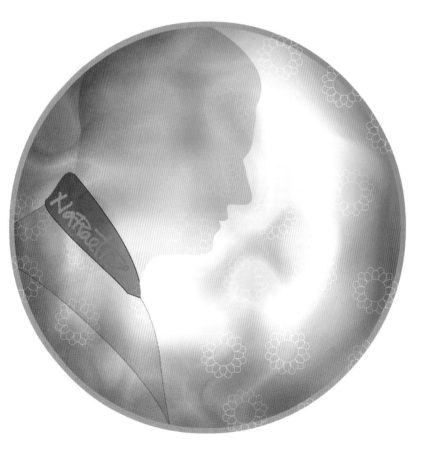

이유는 이유 없이

이유가 있다면 사랑이 아닐지 몰라요

이러이러해지고, 저러저러하게 될 때

누군가 왜그랬어 물을 때 허공만 둘러보다 피식

새어나가듯 미소지으면 사랑하고 있구나 하는 거지요

비

사랑이 쏟아져요 무릎을 넘어서더니
가슴까지 차올라서 숨이 막힐 것만 같아요

비바람이 불어오는 길을 우산도 없이 달려갔어요

수화기 너머로 쏟아냅니다 부스창을 두드리는 비처럼
들리나요 그대 마음에 자근자근 내려앉는 내가

우아한 데이트

종점에서 종점
한 시간 반
요금은 천 백원

왼편의 풍경을 바라보며
오른쪽 어깨에 기댄다
가끔 졸기도 하면서
빈 곳 없이 잠겨든다

종점에 닿으면
한잔의 커피를 나누고
구부렸다가, 펴고 비틀다
다시 버스에 오른다

오른편의 풍경을 왼쪽 어깨에 기대어 본다
지루하지도 가난하다고 생각지도

미안해하지도 않으면서

이러다 병이 날지도 모르겠어요

함께했던 새벽의 풀냄새를 맡아요
가느다란 바람의 결을 느껴요
공원을 거닐다가
회화나무아래 묻어놓은 기억들을 꺼내보아요

거품은 입가에 묻히고 먹어야 한다는 말이 생각나요
그래서 카푸치노를 마실 때는 컵을 좀 더 기울이지요
담벼락에 손을 대고 걷던 모습이 떠오르면
고개를 반쯤 기울이고 턱을 괴던 버릇이 생각나면
나도 모르게 따라해요

어제는 멍하니, 나를 바라보던 눈빛이 생각나서
거울 앞으로 달려갔어요

손이 닿지 않으면 마음을 뻗어보면 될까요
그래서 자꾸만, 기울어지나 봐요

이별하고서 통근 전철을 탔다

출근하는 것도 아니면서
시간이 되면 전철을 탄다

가장 붐비는 때에 플랫폼에 서면
문이 열리는 동시 우겨 넣어지고
중심을 잃어도 넘어질 수 없어서

통근 전철을 탄다 밤새 넘어지느라
헐어버린 마음 잠시라도 뉘어보려

수국정원

창밖에는 벌써 낙엽이 다 졌는데

연보라 꽃 무수히 피어난 수국 정원을
여태 거닐고 있으면 어쩌나요

남국의 사람들은
소슬바람에도 얼어 죽는다는데

그렇게 꽃향기에만 파묻혀있다가는
매서운 추위를 견딜 수 없을 거에요

다만 그 여름을 알아요
계절의 손을 잡고 떠나간 사랑도

나가며

'시가 무엇입니까. 이렇게 쓰는 것이 시인가요.'

어린 새처럼 속이 훤히 보일만큼 입을 벌리고
나는 몇 번이고 되물었습니다. 시를 읽고, 쓰게 하는 것으로
아무것도 쓰이지 않은 종이를 바라보게 하는 것으로
때때로 아무도 지나지 않는 길에 서게 하는 것으로 그는
시를 말했지요.

텅 빈 것은 사실 틈 없이 차있다는 것을 알아가기까지
서두르지 않고 놓아버리지도 않고 마지막 장까지 그저
묵묵히 데려가주어 고맙습니다.

나에겐 네루다와 같은, 영감을 주는 최연
편집장님에게 감사합니다.
나의 언어가 될 거라고는 몰랐던 '시'라서.

마리오는 허공에 입을 맞추지 그녀는 빛이고
바람이고, 공기라서, 더러는 가문 땅에 내리
는 단비라서. 잠시 네루다를 바라보다가 설
핏 미소 짓다가 이내 메타포의 세계로 빠져
들었지.

_ 네루다의 우편배달부를 읽고

꽃기린 한그루를 들였습니다

해를 지나며 줄기는 두꺼워지고
갈래 진 가지마다 진분홍 꽃이 피어났죠
쉽게 흔들리지도 않게 되었습니다, 뿌리가
야물게도 흙을 움켜쥐었나 봅니다

얕아서, 얇아서, 어차피 전부 들려버릴 것 같아서

오므리고 있던 마음을 이제는 조금씩

뻗어보려 합니다. 굽은 마디 곧게 펴면

생각보다 단단해질 것도 같습니다. 가끔은

맺어보는 날을 살기도 하겠지요

사랑이라서 그렇다 　　　초판 1쇄 발행　　2021년 1월 27일

펴낸이	최대석
지은이	금나래
기획	최연
편집	최연, 정지현
일러스트	금나래
디자인1	여우고양이, 김진영
디자인2	이수연, FCLABS
마케팅	김영아

펴낸곳	행복우물
등록번호	제307-2007-14호
등록일	2006년 10월 27일
주소	경기도 가평군 가평읍 경반안로 115
전화	031)581-0491
팩스	031)581-0492
홈페이지	www.happypress.co.kr
이메일	contents@happypress.co.kr
ISBN	978-89-93525-98-4　03810
정가	11,500원

이 책은 신저작권법에 의하여 보호받는 저작물이므로
무단전재나 복제를 금합니다.

이 책의 국립중앙도서관 출판예정도서목록(CIP)은
서지정보유통시스템 홈페이지(http://seoji.nl.go.kr와
국가자료공동목록시스템(http://nl.go.kr/kolisnet)에서
이용하실 수 있습니다.

꾸준히 사랑받는 ────────────────────

 ──────── **여행 에세이 시리즈**

🌙 ──────── **감성 에세이/시 시리즈**

──────────────────────────── **콜렉션**

삶의 쉼표가 필요할 때
낙타의 관절은 두 번 꺾인다
옷을 입었으나 갈 곳이 없다

꾸준이 사랑받는 행복우물의 여행에세이/에세이 시리즈.

베스트셀러 작가가 되어버렸다! 금감원 퇴사 후 428일간의 세계일주 꼬맹이여행자의 이야기를 담은 〈삶의 쉼표가 필요할 때〉, 암과 싸우며 세계를 누비고 온 '유쾌한' 에피 작가의 〈낙타의 관절은 두 번 꺾인다〉, 아름다운 문장으로 펜들의 마음을 사로잡은 이제 작가의 〈옷을 입었으나 갈 곳이 없다〉, 쉼표가 필요한 당신에게 필요한 잔잔한 울림들.

"손가락 사이로 미끄러지는 빛은 우리의 마음을 헤쳐 놓기에 충분했고, 하얗게 비치는 당신의 눈을 보며 나는, 얼룩같은 다짐을 했었다"
_ 이제, 〈옷을 입었으나 갈 곳이 없다〉

———————————————————————————— 에세이 여행

한식대첩 서울대표, 김치 명인이 궁금해

김경미의 반가음식 이야기

〈여성조선〉 칼럼에 인기리에 연재된 반가음식 이야기 출시

김경미 선생이 공개하는 반가의 전통 레시피

하나. 균형잡힌 전통 다이어트 식단

둘. 아이에게 좋은 상차림

셋. 몸을 활성화시켜주는 상차림

넷. 제철 식단과 별미음식

전통음식 연구가이자 대통령상 수상 김치명인인 김경미 선생은 우리 전통음식의 한 종류인 '반가음식'을 계승하고 우리 전통문화의 멋을 알리고자 힘쓰고 있다. 대학과 민간연구소에서 전통음식 연구에 평생을 전념했다. 김경미 선생은 국민훈장 목련장을 수상한 바 있는 반가음식의 대가이신 故 강인희 교수의 제자이다.

[Instagram] banga_food_lab

행복우물출판사 도서 안내

● NEW & HOT
○ 여백을 채우는 사랑 / 윤소희
그날 밤 그가 책갈피 사이에 숨겨놓았던 말들이
내 손에 도착한 건 몇 년의 시간이 훌쩍 흐른 뒤였다
여백을 남기고, 또 그 여백을 채우는 사랑

○ 너의 눈 밟는 소리가 그렇게 좋았다 / 영민
나는 수화기 너머의 네 목소리보다
내게 다가오는, 너의 눈 밟는 소리가 그렇게 좋았다
저 돌맹이 아래 아무도 눈치채지 못할 비밀들이 있을 것만 같다

● BOOK LIST
○ 음식에서 삶을 짓다 / 윤현희 ○ 삶의 쉼표가 필요할 때 /
꼬맹이여행자 ○ 벌거벗은 겨울나무 / 김애라 ○ 청춘서간 /
이경교 ○ 가짜세상 가짜 뉴스 / 유성식 ○ 야 너도 대표 될 수
있어 / 박석훈 외 ○ 아날로그를 그리다 / 유림 ○ 자본의 방식
/ 유기선 ○ 겁없이 살아 본 미국 / 박민경 ○ 한 권으로 백 권
읽기 / 다니엘 최 ○ 흉부외과 의사는 고독한 예술가다 / 김응수
○ 나는 조선의 처녀다 / 다니엘 최 ○ 하나님의 선물—성탄의
기쁨 / 김호식, 김창주 ○ 해외투자 전문가 따라하기 / 황우성
외 ○ 꿈, 땀, 힘 / 박인규 ○ 바람과 술래잡기하는 아이들 /
류현주 외 ○ 어서와 주식투자는 처음이지 / 김태경 외 ○ 신의
속삭임 / 하용성 ○ 바디 밸런스 / 윤홍일 외 ○ 일은 삶이다 /
임영호 ○ 일본의 침략근성 / 이승만 ○ 뇌의 혁명 / 김일식 ○
멀어질 때 빛나는: 인도에서 / 유림

행복우물 출판사는 재능있는 작가들의 원고투고를
기다립니다
(원고투고) contents@happypress.co.kr